O Demônio
Um Conto Oriental

Editora Appris Ltda.
1.ª Edição - Copyright© 2022 do autor
Direitos de Edição Reservados à Editora Appris Ltda.

Nenhuma parte desta obra poderá ser utilizada indevidamente, sem estar de acordo com a Lei n°
9.610/98. Se incorreções forem encontradas, serão de exclusiva responsabilidade de seus organi-
zadores. Foi realizado o Depósito Legal na Fundação Biblioteca Nacional, de acordo com as Leis nos
10.994, de 14/12/2004, e 12.192, de 14/01/2010.

Catalogação na Fonte
Elaborado por: Josefina A. S. Guedes
Bibliotecária CRB 9/870

L616d
2022
	Lermontov, Mikhail
	   O demônio : um conto oriental / Mikhail Lermontov ; tradução de
	Andrey Takashi Ishikiriyama. - 1. ed. - Curitiba : Appris, 2022.
	   67 p. ; 21 cm.
	
	   Inclui bibliografia.
	   ISBN 978-65-250-2770-8
	
	   1. Contos russos. I. Ishikiriyama, Andrey Takashi. II. Título.
	
	                                                                    CDD – 891.7

Livro de acordo com a normalização técnica da ABNT

Appris
editora

Editora e Livraria Appris Ltda.
Av. Manoel Ribas, 2265 – Mercês
Curitiba/PR – CEP: 80810-002
Tel. (41) 3156 - 4731
www.editoraappris.com.br

Printed in Brazil
Impresso no Brasil

Mikhail Lermontov

O Demônio
Um Conto Oriental

Tradução de Andrey Takashi Ishikiriyama

FICHA TÉCNICA

EDITORIAL	Augusto V. de A. Coelho
	Marli Caetano
	Sara C. de Andrade Coelho
COMITÊ EDITORIAL	Andréa Barbosa Gouveia (UFPR)
	Jacques de Lima Ferreira (UP)
	Marilda Aparecida Behrens (PUCPR)
	Ana El Achkar (UNIVERSO/RJ)
	Conrado Moreira Mendes (PUC-MG)
	Eliete Correia dos Santos (UEPB)
	Fabiano Santos (UERJ/IESP)
	Francinete Fernandes de Sousa (UEPB)
	Francisco Carlos Duarte (PUCPR)
	Francisco de Assis (Fiam-Faam, SP, Brasil)
	Juliana Reichert Assunção Tonelli (UEL)
	Maria Aparecida Barbosa (USP)
	Maria Helena Zamora (PUC-Rio)
	Maria Margarida de Andrade (Umack)
	Roque Ismael da Costa Güllich (UFFS)
	Toni Reis (UFPR)
	Valdomiro de Oliveira (UFPR)
	Valério Brusamolin (IFPR)
ASSESSORIA EDITORIAL	Manuella Marquetti
REVISÃO	Juliane Soares
PRODUÇÃO EDITORIAL	Bruna Holmen
DIAGRAMAÇÃO	Bruno Ferreira Nascimento
CAPA	Eneo Lage
COMUNICAÇÃO	Carlos Eduardo Pereira
	Karla Pipolo Olegário
LIVRARIAS E EVENTOS	Estevão Misael
GERÊNCIA DE FINANÇAS	Selma Maria Fernandes do Valle

*Esta tradução é dedicada à Cultura Russa
e ao Poeta do Cáucaso.*

AGRADECIMENTOS

Esta obra é dedicada a todas e todos os amigos, familiares e especialmente aos professores que me ensinaram, muito pacientemente e dedicadamente, o idioma e a cultura russa.

Agradeço especialmente a Anna, Guilherme, Erick, Zé, Carol e Marco, que foram e são meus professores e amigos. Muito obrigado!

«Горы кавказские для меня священны»
(Лермонтов)

"As montanhas do Cáucaso são sagradas para mim"
(Lermontov)

PREFÁCIO

Mikhail Lermontov, expoente do romantismo russo que viveu na primeira metade do século XIX, foi largamente influenciado pelo seu conterrâneo e contemporâneo Aleksandr Pushkin, considerado fundador da língua literária russa moderna. Lermontov trabalhou sobre *O Demônio* por 10 anos, e teve seu poema censurado pela política czarista, o que apenas fez crescer a popularidade da obra. O poema foi publicado em partes na revista literária *Otetchestvennye Zapiski* em 1842, já após sua morte, mas a versão completa só foi publicada na Alemanha em 1856, chegando à Rússia apenas quatro anos mais tarde.

A beleza de *O Demônio* reside justamente na razão por ter sido censurado: a desconstrução do maniqueísmo cristão, apresentando o amor como uma força capaz de mudar a natureza até de criaturas divinas, assim como a figura de um Deus tirano. Lermontov também não poupa na construção das belas imagens das paisagens do Cáucaso, onde, no exílio, terminou de escrever seu poema e onde se passa a história.

A literatura russa tem se tornado cada vez mais popular no Brasil nas últimas décadas, seguindo a tendência mundial em resgatar os grandes clássicos de autores como Dostoiévski, Tchekhov, Tolstói e Gogol. Esse movimento em direção à terra dos czares tem feito crescer a demanda por traduções diretas da língua russa, pelo óbvio motivo de se preservar da melhor forma possível as nuances do original que sempre se perdem em uma tradução feita a partir de uma língua intermediária. Esses grandes clássicos são, no entanto, em sua grande maioria, de romances em prosa, e raramente se vê uma tradução de obras em versos. Isso se deve, em partes, pela complexidade do texto em versos, especialmente de uma língua com declinações como o russo, cuja sintaxe faz com que a ordem das palavras seja relativamente mais livre que as línguas sem declinação, oferecendo um grande desafio aos nossos heróis da tradução direta.

A tradução de *O Demônio* por Andrey Takashi Ishikiriyama, no entanto, vem contribuir para a reversão desse cenário, oferecendo uma versão em português direta do russo de um dos maiores clássicos do romantismo nessa língua, mantendo com precisão e maestria o significado de cada verso do original, Andrey tece para o português as incríveis imagens do Cáucaso, assim como as das almas do Demônio e da Tamara.

A Rússia é um país rico, belo e exótico, e eu nunca consegui entender porque essa cultura ainda é tão desconhecida pelos brasileiros. Cabe a nós, tradutores, contribuirmos para trazer essa riqueza para os falantes de português.

Como professor e tradutor de russo, eu entendi que só se aventura a aprender uma língua com uma gramática tão complexa quem realmente possui uma paixão e um encanto pela cultura desse país, o que sempre esteve presente em Andrey desde o primeiro dia de aula no CLAC da UFRJ. E é por isso que foi com muita satisfação que aceitei o convite para escrever esse prefácio, porque não há recompensa maior para um professor do que ver seus alunos alçarem voo com sucesso em relação à matéria lecionada, e Andrey fez isso: voou e encarou uma tradução difícil, que exigiu muito conhecimento técnico, assim como a sensibilidade poética necessária para se traduzir uma obra literária do calibre de *O Demônio*. E a cultura universal precisa muito do que a Rússia tem a oferecer, por isso voa, Andrey, como o protagonista desse poema, e continue nos contando como é esse país incrível que você vê de cima.

Guilherme Mathias Netto Galván

Graduado em Letras Português-Russo em 2013 e mestre em Linguística em 2014 – ambos pela UFRJ. São 18 anos estudando e em contato com a cultura russa.

SUMÁRIO

PARTE I

ESTROFE I	15
ESTROFE II	16
ESTROFE III	16
ESTROFE IV	17
ESTROFE V	19
ESTROFE VI	19
ESTROFE VII	20
ESTROFE VIII	21
ESTROFE IX	22
ESTROFE X	23
ESTROFE XI	24
ESTROFE XII	25
ESTROFE XIII	26
ESTROFE XIV	27
ESTROFE XV	28
ESTROFE XVI	30

Parte II

Estrofe I	33
Estrofe II	34
Estrofe III	35
Estrofe IV	35
Estrofe V	36
Estrofe VI	37
Estrofe VII	38
Estrofe VIII	39
Estrofe IX	40
Estrofe X	41
Estrofe XI	53
Estrofe XII	54
Estrofe XIII	55
Estrofe XIV	55
Estrofe XV	57
Estrofe XVI	58
Referências	65

Parte I

I

Triste Demônio, alma do exílio,
Ele voava sobre uma pecaminosa terra,
E o melhor dia de lembranças
Em frente dele se amontoou a multidão
Aqueles dias, quando na morada da luz
Brilhou ele, puro querubim,
Quando o cometa caminhante
Sorridente e gentil saudação
Ele, o cometa, amou se trocar com ele, o demônio,
Quando através das eternas névoas,
Sedento de conhecimento, ele seguiu com os olhos
Nômades caravanas
na região das luminárias abandonadas;
Quando ele acreditou e amou,
Feliz primogênito da criação
Ele não conhecia nem a malícia, e nem a dúvida,
E não ameaçou a inteligência dele

Sequência de séculos infrutíferos de muitas tristezas
E muito, muito... e sempre
Relembrar ele não tinha forças!

II

Por muito tempo o pária vagou
No deserto do mundo sem fugir:
Séculos após séculos ele vagou,
Como minuto após minuto,
Monótona sucessão.
Insignificante autoridade sobre a terra,
Ele semeou o mau sem prazer,
Em nenhum lugar à sua obra de arte
Ele não encontrou resistência -
E o mau entediava a ele.

III

E sobre os picos do Cáucaso
O exilado do paraíso voou:
E abaixo dele o Kazbek[1], como a face de um diamante,
Brilhou com neves eternas,
E, profundamente abaixo a escuridão,
Como uma fissura, o lar da serpente,
O radiante e ensolarado Daryal[2],

---

[1] Kazbek: uma das maiores montanhas do Cáucaso.
[2] Daryal: importante desfiladeiro da região do Cáucaso.

E o Terek[3], saltando, como uma leoa
Com uma juba desgrenhada no cume,
E ele rugiu, - a besta da montanha e o pássaro -,
Girando-se na altura azul claro,
Ouviram dele a água do Verbo.
E as nuvens douradas
Dos países do sul, de longe
Escoltaram a ele para o norte.
E as pedras próximas amontoadas,
Cheias de um sono misterioso,
Sobre ele abaixavam a cabeça,
Seguindo as ondas cintilantes.
E as torres dos castelos nas colinas
Olharam ameaçadoramente através das névoas -
Por horas nos portões do Cáucaso
Gigantes sentinelas!
E o selvagem e maravilhoso estava ao redor
Da inteira Paz de Deus, mas a alma é orgulhosa
Olhou com os olhos de desdém
Criações do próprio Deus
E nas sobrancelhas elevadas dele
Nada refletia-se.

IV

E diante dele uma outra imagem
A bela vida floresceu:
Os maravilhosos vales da Geórgia

---

[3] Terek: importante rio que fica no desfiladeiro do Daryal.

Como um carpete espalharam-se a distância.
Feliz, exuberante fronteira da terra!
Pilares do paraíso,
Caudalosos córregos
No fundo das pedras multicoloridas,
E os arbustos de rosas, onde os rouxinóis estão
Cantam belezas, sem corresponder à doce
Voz do amor deles;
O plátano se ramifica cobrindo,
densamente coroado com videiras,
Cavernas, onde em dias flamejantes
Cervos tímidos espreitam
E o brilho, e a vida, e o som das folhas,
Soam centenas de vozes,
O respiro de milhares de plantas!
E ao meio dia quente e voluptuoso,
E o orvalho perfumado
Sempre úmidas noites,
E as estrelas brilhantes, como olhos,
Como o olhar de jovens georgianas!...
Mas apesar da inveja fria,
O esplendor das naturezas não o incitou
No peito exilado e árido
Nem novos sentimentos, nem novas forças
E todos, que diante dele estavam, ele viu
Ele desprezou ou odiou

V

Casa grande, quintal grande
Grisalho Gudal[4] construiu para si mesmo
Árduo trabalho e lágrimas ele muito se tornou
Servos obedientes com muito tempo.
De manhã na montanha íngreme
Das paredes suas deitam-se sombras,
Nas rochas cortadas os degraus;
Eles da torre angular
Guiam ao rio, brilhando a eles,
Coberto com um véu branco[5],
A jovem princesa Tamara
para o Aragvi[6] caminha atrás de água.

VI

Sempre é silencioso nos vales
Olhou para a casa de pedra brilhante.
Mas o grande banquete é hoje para ele -
O som da Zurna[7], e serviam-se os vinhos -
Gudal noivou sua filha,
Para a festa ele chamou toda a família.
No telhado, coberto por tapetes,

---

[4] Gudal: príncipe da região do Cáucaso.
[5] O autor, Lermontov, nomeou no original o "véu branco" como "Покрывало"
[6] Aragvi: rio de grande extensão da Geórgia.
[7] Zurna: instrumento musical de sopro comum na Ásia Central.

Sentada está a noiva no meio de amigas:
Entre jogos e cantos eles descansam
Passando. Distantes das montanhas
Já escondidos do sol semicircular,
Na palma da mão bate medidamente,
Eles cantam - e seus tambores
A jovem noiva conduz
E agora ela, com uma mão
Circulando sobre a sua cabeça
E de repente ela se torna leve como um pássaro,
Então parando, vê -
E os olhos molhados brilham
De baixo dos invejosos cílios.
Para as negras sobrancelhas que giram,
De repente se inclinam um pouco,
E pelo tapete deslizam, flutuam
As suas pernas divinas;
E ela sorri,
Cheia de felicidade juvenil,
Mas o luar, pela movediça umidade
levemente brincando aos poucos,
dificilmente se compara com o sorriso dela,
Como é a vida, como é a juventude viva.

VII

Jurado pela estrela da meia-noite,
Um raio do pôr do sol e ao leste,

Comandante da Pérsia dourada
E nem um rei na terra
Não beijava tal olho,
Jorrante fonte do harém
Nem às vezes aquece
Seu orvalho perolado
Não lavei semelhante campo!
Ainda desenha a mão terrena,
Vagando pela doce testa,
Estes cabelos ela não desfez;
Desde que o mundo perdeu o paraíso,
Juro, tal beleza
Sob o sol do sul não floresceu.

VIII

Na última vez que ela dançou
Ah! Pela manhã ela aguardou
Ela, herdeira de Gudal,
Criança brincalhona de liberdade,
triste destino de escravo,
Pátria, ainda estrangeira,
e desconhecida família.
E frequente dúvida misteriosa
Características de luzes escuras;
E foram todos os movimentos dela
Tão magros, cheios de expressão,
Tão cheios de simplicidades,

e se o Demônio, voando,
E no momento que ele olhou para ela,
Então, lembrando os antigos irmãos,
Ele se virou - e suspirou...

IX

E o Demônio viu... por um instante
inexplicável entusiasmo
Nele mesmo ele subitamente sentiu
A muda alma de seu deserto
Encheu-se de gracioso som -
E novamente ele compreendeu sagradamente
amor, gentileza e beleza!
E por muito tempo uma doce imagem
Ele admirou - e sonhos
Sobre uma antiga e longa felicidade,
Como pensamento estrela após estrela,
Diante dele se rolaram então.
Acorrentado por uma força invisível,
Ele com a nova tristeza ficou familiar;
Nele de repente um sentimento ficou
Às vezes como uma língua nativa.
Foi isso a marca do renascimento?
Ele tentações de palavras traiçoeiras
Encontrar na mente não foi possível...
Esquecer? - O esquecimento não foi dado por Deus:
E ele não aceitaria o esquecimento!...

X

Tendo cansado o bom cavalo,
Na festa de casamento em direção ao pôr do sol do dia
Apressou o noivo impaciente.
E ele, como o claro Aragvi de felicidade iluminada,
alcançou as costas verdes.
Sob o pesado fardo de golpes
Aos poucos e aos poucos passando por eles,
Atrás dele uma longa fila de camelos
A estrada se estende, brilhando:
Os sinos deles tocam
Ele mesmo, senhor de Sindal,
Guia a rica caravana.
O cinto aperta o hábil torço;
A armação do sabre e da adaga
brilha no sol; atrás das costas
Rifle com entalhe esculpido.
Brinca o vento com as mangas
O seu Tchukhi[8], - circulando ela
Todos os laços felpudos.
Bordado colorido com sedas
A sela dele; um freio com bodas,
Abaixo dele, um cavalo forte e coberto com espuma
Inestimável vestimenta, dourada.
Animal de estimação veloz de Karabakh[9]
Ouvidos girando, cheios de medo,

---

[8] Tchukhi: um tipo especial de casaco com mangas dobráveis.
[9] Karabakh: região do Cáucaso.

Ronco de olhos virados e íngremes
Na espuma das ondas saltitantes.
Perigoso, o estreito caminho costeiro!
Penhascos ao lado esquerdo,
à direita o fundo e rebelde rio.
Já é tarde. No pico nevado
O rubor está desaparecendo, subiu a névoa...
A caravana apertou o passo.

XI

E havia uma capela no caminho...
Aqui por muito tempo descansa em Deus
Algum príncipe, agora um santo,
Assassinado pela mão vingativa.
Desde então num dia santo ou numa batalha,
Para qualquer lugar o viajante se apressou,
Sempre a fervorosa oração
Ele traz à capela;
E tal oração salvou
Da adaga muçulmana.
Mas desprezou o distinto noivo
As tradições de seus antepassados
Dele os pensamentos traiçoeiros
O ardiloso Demônio indignado:
Ele em pensamento, sobre a noite escura,
Os lábios da noiva beijou.
De repente em frente duas luzes,

E mais - tiros! O que é isso?...
Sobre o som de estalos[10] de metal,
Erguendo o chapéu[11],
O valente príncipe não disse uma palavra
Na mão brilhou a arma,
O chicote bateu - e, como uma águia,
Ele se apressou... E atirou novamente!
E o selvagem choro e um grunhido surdo
Correram-se para os profundos vales -
A batalha não durou muito:
Correram os tímidos georgianos!

XII

Todos fizeram silêncio, a multidão se aglomerou,
Sobre os corpos frequentemente montava
Camelos olhavam com terrível sofrimento;
E ouvindo nada na tranquilidade da estepe
Deles os sinos tocaram.
Assaltada abundante caravana;
E sobre os corpos cristãos
Desenha círculos, o pássaro noturno!
Não espera pelo túmulo pacífico deles
Abaixo da camada de lajes do monastério,
Onde as cinzas de seus pais foram enterradas.
Não vão irmãs e mães,

---

[10] O autor chamou o som dos tiros de "звонких" em referência aos estribos de metal, que eram como sapatos aos georgianos.

[11] O autor se referiu ao chapéu semelhante ao Erivanki.

Cobertas pelos longos véus,
Com um vazio interior, soluços de choro e desespero,
No caixão delas de um lugar distante!
Apesar do árduo trabalho
Aqui há no caminho, sobre a rocha
Para recordar uma cruz.
E a hera, que se espalha na primavera,
ela, se acariciando, enrolando
na sua própria rede de esmeralda;
E, virado para o caminho difícil,
Nem uma vez o transeunte cansado
Sob a sombra de Deus descansará...

XIII

O apressado cavalo é mais rápido do que o cervo,
Ressonante e ansioso, será através da profanidade,
E de repente cercava o galope,
Prestou atenção ao vento,
Longas narinas inflamadas;
E, de uma vez na terra batendo
E espinhos soando dos cascos,
Ondulando a volumosa crina,
Em frente sem a lembrança voando.
Nela há o cavaleiro calado!
Ele às vezes batendo na cela
Colocando a cabeça na crina
Até ele não governa as ocasiões,

Deslizou as penas no estribo,
E o sangue jorrando largamente
No pelego dele é visível.
Alazão corredor, tu és senhor
Da batalha traz como uma flecha,
Mas o maligno projétil da Ossétia
Das sombras perseguiu!

XIV

Na família de Gudal há lágrimas e gritos,
A porta está cheia de pessoas:
Qual cavalo chegou a tempo
E caiu sobre as pedras do portão?
Quem é esse cavaleiro sem vida?
Guardaram o rastro de alarme abusivo
rugas castanhas na testa.
No sangue as armas e as roupas;
nos últimos cumprimentos enfurecidos
A mão na crina congelou.
Próximo ao jovem moço,
A noiva olhava a sua espera;
Aguardou ele o discurso do príncipe,
Na festa do casamento ele cavalgou...
Ah! Mas nunca mais
Sentou-se num cavalo veloz!...

XV

Na família despreocupada
Como um trovão desceu a punição divina!
Ela caiu em seu sono,
Soluçando a pobre Tamara.
Lágrima atrás de lágrima rolou,
O peito alto e difícil de respirar;
E é como se ela escutasse
Encantadora voz sobre ela:

"Não chore, criança! Não chore em vão!

Sua lágrima sobre um cadáver mudo

O orvalho vivo não cai:

Ela apenas nubla os olhos límpidos,

As virgens bochechas queimam!

Ele está longe, ele não sabe,

Não aprecia o seu vazio existencial;

A luz do céu agora acaricia

Os olhos vazios eles enxergam;

Ele escuta as melodias do paraíso…

que a vida são pequenos sonhos,

E o lamento e as lágrimas da pobre moça

Para o convidado do lado do paraíso?

Não, rabisco mortal da criação,

Acredite em mim, anjo terreno meu,

Não vale um momento
De tua tristeza querida!
Nos ares do oceano,
Sem leme e sem velas,
Gentilmente nadam na névoa
Coros de longas luzes.
Cercados de campos sem fim
No céu andam sem deixar rastros
Elusivas nuvens
Fibrosos rebanhos.
Hora da separação, hora de dizer adeus -
Eles não estão felizes, e nem tristes.
Eles no futuro não têm esperança
E o passado não lamentam.
No atormentado dia de infortúnio
Você sobre eles apenas lembra;
Estar pela terra sem destino
E sem cuidado, como eles!
Agora apenas a noite com seu véu
O topo do Cáuceso se escureceu,
Agora apenas o mundo, palavras mágicas
Encantado, calado.
Agora apenas o vento sobre as rochas
O murcho movimento da grama,
E o passarinho se escondendo nela,

Flutuou nas trevas felizes.

E sob as vinhas das parreiras,

Engolindo o orvalho do céu ambiciosamente.

As flores desabrocham de noite;

Agora apenas um mês dourado

Pelas montanhas suavemente permanece

E na sua vista furtiva, -

Através dela eu fico a voar.

Ficarei até a estrela do amanhã

E nos cílios de seda

Sonhos dourados carregados pelo vento..."

XVI

Palavras colocam a distância,
depois de palavra por palavra morrer.
Ela, pulando, olhando ao redor...
inexpressível confusão
Em seu peito; tristeza, medo,
O prazer ferveu - nada em comparação.
Todos os sentimentos de repente ferveram nela;
A alma rompeu suas algemas,
O fogo nas veias percorreu,
E essa voz é uma maravilhosa novidade,
Ela pensou, tudo ainda soava.
E na manhã seguinte o sonho é bem recebido

Olhos cansados eu fecho.
Mas o pensamento dela o perturbou
Sonho profético e estranho.
O estranho nebuloso e bobo,
Lindo brilho etéreo,
Para ela se inclinou moribundo;
E os olhos dele com tanto amor,
Tal tristeza nela viu,
Como se ele se arrependeu por ela.
E não era um anjo celestial,
Guardião celestial dela:
Coroa de arco-íris
Não decorou os cachos dele.
E não era o inferno da alma aterrorizante,
Profano mártir - oh, não!
Ele era como um límpido entardecer:
Nem dia, nem noite - nem escuridão, nem luz!...

Parte II

I

"Pai, pai, deixe as ameaças,
A sua Tamara não insulte.
Eu choro: vejas essas lágrimas,
Elas não são as primeiras.
Em vão as noivas se aglomeram
se apressam aqui de lugares distantes.
Muitas noivas da Geórgia;
Eu não serei a esposa de ninguém!...
Ah, não insulte, pai, a mim.
Tu perceberás: dia a dia
Eu murcho, vítima do veneno do mau!
Me atormentam as almas astutas
Irresistível sonho;
Eu pereço, tenha piedade de mim!
Dê à casa sagrada
sua filha imprudente;

Lá o salvador me protege,
Diante dele o vazio da minha existência derrama,
Na luz não há felicidade para mim...
Santuário da paz de outono,
Se aceito a cela do crepúsculo,
Como sepultura, antecipando-me..."

II

E no monastério solitário
Seus familiares a pegaram
E o cilício humilde
O peito jovem vestiam.
Mas na roupa monástica
abaixo com as estampas brocadas,
Todo sonho sem lei
Nela o coração batia, como outrora.
Diante do altar, enquanto brilham as velas,
Na hora solene canções,
Conhecidas, entre as orações,
Ela frequentemente escutava a palavra.
Sobre a arca do tempo sombrio
Uma imagem às vezes conhecida
Deslizou sem barulho e sem traço
Na neblina do incenso suave;
brilhou ele silenciosamente, como uma estrela;
Ele acenou e chamou-a... mas - para onde?...

III

No frio entre dois morros
O santo do monastério se escondeu
Uma linha de plátano e populus
Ele estava cercado - e às vezes,
Quando caía a noite no desfiladeiro
Através deles cintilava, pela janela das celas,
Lamparina da jovem pecadora
Circundando, nas sombras das árvores amendoeiras,
Onde estava construída a linha de cruzes tristes.
Os silenciosos sentinelas dos túmulos,
Desistiram dos coros suaves dos pássaros.
Pela rocha saltavam, fazendo barulho
Guiaram a uma gelada onda,
E sob a pedra saliente,
misturando amigavelmente no desfiladeiro,
Rolaram de longe, entre os arbustos,
Flores cobertas de gelo.

IV

Ao norte, visíveis eram as montanhas.
Sob o brilho da Aurora matinal,
Quando se tornou azulada a fumaça
Firma-se no abismo dos vales,
E, ao se falar do Oriente,

Chamado pela prece do Muetsinis[12],
E os sonhos da voz do sino
Vibrando, a morada provocante.
Na hora solene e pacífica;
Quando a jovem georgiana
Com o longo jarro para recolher água
Descendo da montanha íngreme,
As cadeias de picos nevados
A parede de luz púrpura
No céu límpido exibiam-se
E na hora do pôr do sol se verificam
Eles de véu corados.
E no meio deles, cortando as nuvens,
Estava sobre todas as cabeças,
Kazbek, o poderoso senhor do Cáucaso,
De turbante e vestes estampadas.

V

Mas, cheio de pensamentos criminosos,
O coração de Tamara está inacessível
Límpido desejo. Diante dela
Todo mundo vestido de sombras obscuras;
E tudo isso é para ela uma desculpa torturante
E o raio da manhã e as trevas da noite.
Algumas vezes, apenas noites sonolentas
O frio passa pela terra,

---

[12] Muetsin: almuadém em português.

Diante do ícone divino
Ela na loucura cairá
E chorará, e no silêncio noturno
O seu pesado soluço
Atrapalha a atenção do viajante;
E pensa ele: "Aquele espírito da montanha
Acorrentado na caverna gemendo!"
E delicadamente forçando a audição,
O cavalo exausto segue.

VI

Cheio do vazio da tristeza e tremendo
Tamara está frequentemente na janela
Ela senta e reflete solitária
E olha para longe com um olhar diligente,
E o dia todo, suspirando, esperada...
Para ela alguém sussurra: ele chegará!
Não foi sem razão que nos sonhos dela eles se acariciavam,
Não foi sem razão que ele se mostrou para ela,
Com os olhos, cheios de dor,
E uma maravilhosa palavra de ternura.
Já faz muitos dias que ela se definha,
Sem saber o porquê;
Os santos desejam a oração -
Mas o coração ora por ele;
Cansado de lutar sempre,
Irá se curvar na cama de sono:

A almofada queima, ela está sufocante, com medo
E toda, saltando, ela está tremendo;
Ardem seu peito e seus ombros,
Não há forças para respirar, a névoa nos olhos,
O abraço procura avidamente os encontros,
Os beijos se derretem nos lábios...

VII

Bruma da noite - manto aéreo
As colunas da Geórgia foram vestidas.
Doce dócil hábito,
O Demônio voou para a morada.
Mas por muito, muito tempo ele não ousou
Santuário da paz do lar
Valor. E por um minuto,
Quando ele parecia pronto
A deixar a intenção violenta,
Pensativo contra a alta parede
Ela vagueia: de seus passos
Sem vento, a folha na sombra treme.
Ele levantou o olhar: a janela dela,
A iluminada lamparina, brilhando.
Ela aguarda há muito tempo por alguém!
E agora entre o silêncio comum.
O frio toque do Tchingar[13]
e o som da canção toca;

---

[13] Tchingar: instrumento musical, é como um antigo e tradicional violão regional.

E o som se derramava, se derramava,
Como lágrimas, ritmicamente uma após a outra;
E esta canção era gentil,
Como ela será para a terra
Era no céu guardada!
Se nenhum outro anjo esquecido
Novamente quis encontrar,
Para cá desceu furtivamente voando
E sobre seu passado ele cantou,
Para satisfazer o seu tormento?...
Vazio do amor, seu entusiasmo
Compreendeu o Demônio na primeira vez;
Ele quer do medo sair...
Sua asa não se move!
E, um milagre! Dos olhos escurecidos
A pesada lágrima escorreu...
Até agora próximo da cela
É visível a pedra queimada
A lágrima quente, como chama
A lágrima não humana!...

VIII

E ele entra, pronto para amar,
Com a alma aberta para o bem,
E pensa ele, que a nova vida
O tempo desejado chegou.
A obscura emoção guardada,

O silencioso medo desconhecido,
Como será no primeiro encontro
Confessaram com a alma orgulhosa.
Isso era o mau prenunciado!
Ele entrou, ele vendo - diante dele
O mensageiro do paraíso, querubim,
Magnífico guardião dos pecadores
Ele estava com uma expressão brilhante
E do inimigo com um claro sorriso
Cobrindo com sua asa.
E o raio de luz divino
De repente cegou os ímpios olhos
E em vez de um doce cumprimento
Soou uma dolorosa reaproximação.

IX

"A alma descanso, a alma profana,
Quem chamou tu na meia-noite obscura?
Seus admiradores não existem aqui,
O mau ainda não respira aqui;
Para o meu amor, para o meu santuário
Não deixe nenhum rastro criminoso
Quem evocou a ti?"

Em resposta a ele
A alma má insidiosamente sorriu;
O olhar ruborizou-se de ciúmes;

E novamente a alma dele se levantou
Antigo odioso veneno.

"Ela é minha! - disse ele ameaçando, -
Deixe ela, ela é minha!
Você surgiu defensor, atrasado,
E dela, assim como para mim você não é juiz.
No coração, cheio de orgulho,
Eu impus a minha marca,
Aqui o seu santuário não há mais,
Aqui eu domino e amo!"

E o anjo com os olhos tristes
E sobre a pobre vítima olhou,
E vagarosamente, ele bateu as asas,
E no ar do céu sumiu.

X

Tamara

    Oh, Quem és tu? Seu discurso é perigoso!
    Evocas para mim o céu ou o inferno?
    O que tu desejas?...

Demônio

    Tu és linda!

Tamara

Mas diga, quem és tu? Respondas...

Demônio

Eu sou aquele o qual escutavas
Tu no silêncio da meia noite,
Aquele pensamento que sussurrou em sua alma,
Aquela tristeza que tu vagamente compreendestes
Aquela imagem que tu viste em seu sono.
Eu sou aquele, cujo olhar destrói a esperança;
Eu sou aquele que ninguém ama;
Eu sou o açoite dos meus escravos terrestres,
Eu sou o Czar[14] do conhecimento e da liberdade,
Eu sou o inimigo do céu, eu sou o mau da natureza,
E, veja, - eu sou a sua perna!
Eu trago para você ternura
Silenciosa oração do amor,
O primeiro tormento terrestre
E as minhas primeiras lágrimas.
Oh! Escutes - do arrependimento!
Minha bondade e céu
Tu poderás retomar isto com uma palavra.
Teu amor como o véu sagrado
Veste, eu apareceria lá,
Como um novo anjo em um novo brilho;
Oh! Apenas escutes, eu oro, -

---

[14] Czar: título de imperador russo.

Eu sou o teu escravo, - eu te amo!
Assim que eu te vi -
E secretamente de repente odiei
A imortalidade e o poder meu.
Eu invejei involuntariamente
Incompleta felicidade terrena;
Não vivo, como ti, torno-me dor,
É terrível - separadamente viver contigo.
No coração sem sangue um raio inesperado
Novamente se esqueceu a vida,
E a tristeza do dia da velha ferida
Se morreu, como uma serpente.
O que é sem ti para mim esta eternidade?
Minhas posses infinitas?
Vazias palavras sonoras,
Vasto monastério - sem Deus!

Tamara

Deixe-me, oh! Espírito maligno!
Silêncio, eu não acredito no inimigo...
Criador... Infelizmente! Eu não posso
Eu rezo... fatal veneno
Minha mente fraca é envolvida!
Ouças, tu me arruínas;
Tuas palavras - fogo e inferno...
Digas, para que tu me amas!

Demônio

Para quê, bela? Infelizmente,
Não sei!... Cheio de vida nova,
Com minha cabeça criminosa
Eu orgulhosamente tirei a coroa de chifres,
Eu joguei tudo do passado na poeira:
Meu paraíso, meu inferno em seus olhos.
Amo-te, paixão estrangeira,
Como amor não pode ti:
Toda a admiração, todo o poder
imortais pensamentos e sonhos.
Na minha alma, com o começo do mundo,
Tua imagem foi marcante,
Diante de mim ela circundava
No deserto do eterno éter.
Por muito tempo incomodando meu pensamento,
Para mim o nome soou doce;
Os dias de bênçãos para mim foram como no paraíso
Tu és a única coisa que faltou.
Oh! Se tu pudesses entender,
Que amargo peso
Tal vida, séculos sem separação
E prazer e sofrimento,
Pelo mau não aguarde elogios,
E nem recompensas pelo bem;
Viver para si próprio, sentir a falta de si mesmo
E esta eterna luta
Sem celebrações, sem reconciliação!

Sempre arrependimento e não desejo;
Tudo sabe, tudo sente, tudo vê,
Tentativa de odiar tudo
E tudo no mundo desprezar!...
Apenas Deus amaldiçoa
Realiza-se, no mesmo dia
As naturezas quentes abraçando
Sempre refrescam para mim;
O espaço se tornou azul diante de mim;
Eu vi a decoração de casamento
Brilhou, conhecido por mim há muito tempo...
Eles seguiram a coroa de ouro;
Mas o quê? Antigo companheiro
Não reconhecia nada.
Exílios, como os próprios,
Eu me tornei chamando em desespero,
Mas as palavras e as faces e os olhares maliciosos,
Ah! Eu não me reconheci.
E no medo eu, batendo as asas,
Me apressei - mas para onde? Para o quê?
Não sei... antigos amigos,
Eu era rejeitado, como o Éden,
O mundo para mim se tornou surdo e tolo.
Na caprichosa liberdade amaldiçoada
Tão prejudicada Ladya[15]
Sem vela e sem leme
Flutuando, sem saber o propósito;
Tão cedo de manhã ocasionalmente

---

[15] Ladya: embarcação russa antiga.

Fragmentos de nuvens tempestuosas,
No silêncio azul escurecendo,
Sozinho, em lugar nenhum ousando incomodar,
Voando sem propósito e vestígio,
Deus, as mensagens vêm e vão!
E eu o povo governei brevemente,
O pecado brevemente a eles ensinei,
Tudo nobre desonrei
E tudo maravilhoso blasfemei;
Por pouco tempo... a pura chama da fé
Levemente para sempre eu derramei sobre eles...
E construíram o meu labor
Apenas tolos e hipócritas?
E me escondi no desfiladeiro da montanha;
E estava perambulando, como meteoro,
Nas sombras da profunda meia noite...
E apressando o andarilho solitário,
Enganado pela luz próxima;
E no abismo caindo como o cavalo,
Chamou em vão - e o traço de sangue
E atrás dele curvou-se o declive...
Mas as malícias são tenebrosamente divertidas
Por pouco tempo se divertiam comigo!
Na luta com o poderoso furacão,
Como sempre, subindo a poeira,
Vestindo de clarão e névoa,
Eu, barulhento, apressei-me nas nuvens,
Para na aglomeração de elementos rebeldes
O estrondo do coração abafar,

Se escapando do pensamento inevitável
E o inesquecível esquecer!
Que narra o doloroso sofrimento,
O labor e o problema do amontoado de gente
Futuras, passadas gerações,
Antes de um minuto
Meus irreconhecíveis tormentos?
Que pessoas? Que vida e trabalho?
Eles vieram, eles irão...
Esperança há - espere pelo julgamento certo:
Perdoar ele pode, condenar quer!
Minha tristeza está sempre aqui,
E o seu fim, como eu, não haverá;
E não descansará em sua tumba!
Ela belisca, como uma cobra,
E queima e espalha, como uma chama,
E aperta o meu pensamento, como uma pedra -
Esperança dos mortos e das paixões
Indestrutível túmulo!...

Tamara

Para que eu saber de suas tristezas,
Para que tu lamentas para mim?
Tu pecaste...

Demônio

É contra ti?

Tamara

Podem nos escutar!...

Demônio

Somos um.

Tamara

Oh, Deus!

Demônio

Sobre nós não lança o olhar:
Ele está ocupado com o céu, não com a terra!

Tamara

E as punições, os tormentos do inferno?

Demônio

Então o quê? Tu estarás só comigo!

Tamara

Quem quer que tu sejas, meu amigo acidental, -
A paz eterna está ruindo,

Involuntariamente, eu estou com um prazer secreto,
Sofredor, eu te escuto.
Mas se seu discurso é astuto,
Mas se tu, tua fraude está derretendo...
Oh! Poupe! Qual palavra?
E o que é a minha para ti?
Porventura eu sou desejada pelo céu
Todos, mas não percebes tu?
Ele, oh! Maravilhas também;
Como aqui, eles do intocado lar
Não são esmagados pela mão da morte...
Não! Me dê o juramento fatal...
Digas, - Tu vês: eu anseio;
Tu vês os sonhos das mulheres!
Involuntariamente tu acaricias o medo na alma...
Mas tu tudo entendes, tu tudo sabes -
E prometas, claro, tu!
Jures para mim.... dos ganhos malignos
Renuncies agora e faças um juramento.
Não há juras, nem promessas
Não existe inviolável maior?...

Demônio

Eu prometo pelo primeiro dia da criação,
Eu prometo pelo último dia dele,
Eu prometo pela vergonha do crime
E eterno triunfo da verdade.
Eu prometo pela queda do meu tormento,

A vitória curta é um sonho;
Eu prometo pelo encontro com ti
E novamente pela separação ameaçadora.
Eu prometo pelo aperto da alma,
Pelo destino dos meus irmãos sujeitos a mim,
Com a espada dos anjos impassíveis,
Meus vigilantes inimigos;
Eu prometo pelo céu e pelo inferno,
Santuários terrenos e ti,
Eu prometo pelo seu último olhar,
Tua primeira lágrima,
Gentis lábios, tua respiração,
Ondulada seda encaracolada,
Eu prometo pela bênção e pelo sofrimento,
Eu prometo pelo meu amor:
Eu renuncio da velha vingança,
Eu renuncio dos orgulhosos pensamentos;
De agora em diante, o veneno insidioso e vaidoso
Nenhuma mente será perturbada;
Quero eu me reconciliar com o céu,
Quero amar, quero orar,
Quero, eu, acreditar no bem.
Eu irei apagar com a lágrima do remorso
Eu no fronte, teu valoroso,
Vestígios da luz do céu -
E o mundo da ignorância acalma
Permita florescer sem mim!
Oh! Acreditem em mim: eu estou sozinho até agora
Tu foste compreendida e estimada:

Escolhendo tu como meu santuário,
Eu coloquei o meu poder aos seus pés.
Teu amor eu aguardo, como um presente,
E darei a ti a eternidade em um momento;
No amor, como no rancor, acredites, Tamara,
Eu sou imutável e grandioso.
Teu eu sou, livre filha do éter,
Levarei à fronteira das grandes estrelas,
E tu serás a czarista do mundo,
Namorada primeira minha;
Sem remorso, sem destino
Vista na terra tornarás tu,
Onde não há a verdadeira felicidade,
Nem dourada beleza,
Onde há crime e execução,
Onde a paixão pequena apenas vive;
Onde não conheço sem medo
Nem ódio, nem amor.
Ou tu não sabes que tal
Povo momentaneamente ama?
O desejo do sangue jovem, -
Mas no decorrer dos dias o sangue esfria!
Quem resiste contra a separação,
A tentação do sangue novo,
Contra o cansaço e o tédio
E obstinados sonhos?
Não! Nem tu, minha namorada,
Saiba, encontrado o destino
Seca silenciosamente no apertado círculo,

Invejosa grosseria do escravo,
Entre covardes e gélidos,
Amigos falsos e inimigos,
Medo e esperança infrutíferos,
Vazio e doloroso trabalho!
Tristemente atrás do muro alto
Tu não desapareces sem paixão,
Entre as orações, igualmente longe
De deus e do povo.
E não, linda criatura,
Para o outro tu és atribuída;
Tu outro sofrimento aguarda,
Outro profundo deleite;
Deixe já os antigos desejos
E miserável luz do destino dele:
Abismo profundo do conhecimento
Em retorno eu abrirei para ti
Multidão das minhas almas serviçais
Eu travei aos teus pés;
Servos suaves e mágicos
Para ti, bela, eu darei;
E pare ti da estrela do leste
Arrancarei eu a coroa dourada;
Pegarei das flores o orvalho da meia-noite;
Adormecerei ele com este orvalho;
O raio corado do pôr do sol
Teu campo, como uma fita, entrelaçarei,
Com o sopro límpido do perfume
Ao ar em torno eu darei um brinde;
Toda hora um maravilhoso jogo

Tua escuta estimar irei eu;
Palácios magníficos construirei
De turquesa e de âmbar;
Eu afundarei ao fundo do mar,
Eu voarei atrás da nuvem,
Eu darei para ti tudo, tudo da terra -
Ame-me!...

XI

E ele levemente
Tocou com a boca quente
Dela trêmulos lábios;
A tentação do discurso completo
Ele respondeu ao suplício dela.
O poderoso olhar enxergou os olhos dela!
Ele queimou ela. Na escuridão da noite
Sobre ela imediatamente ele brilhou,
irresistível, como uma adaga.
Oh! O espírito maligno triunfou!
O veneno mortal do ósculo dele
Imediatamente no peito dela penetrando.
Um doloroso e terrível urro
Noturno silêncio ele perturbou.
Para ele foi tudo: amor, sofrimento,
Reaproximação com a última súplica
E uma despedida sem esperança -
Adeus à jovem vida.

XII

Enquanto isso o vigia noturno,
Sozinho em torno dos íngremes muros
Concluindo silenciosamente o caminho comum,
Vagou com a tábua de ferro,
E próximo da cela monástica da jovem donzela
Ele domou seu próprio passo rítmico
E a mão sobre a tábua de ferro,
Confuso com a alma, parou.
E através do silêncio em torno,
Ele achou que ele escutou
Dois lábios consonantes beijando,
Momentaneamente um grito e um fraco gemido.
E uma impiosa dúvida
Penetrou no coração do ancião...
Mas um momento passou,
E tudo se acalmou; distante
Apenas um sopro da brisa
O murmúrio das folhas trouxe,
E com a escura costa desanimada
Sussurrou a montanha ao rio
O cânone adulador santo
Apressa-se ele no medo em perceber,
Da desilusão da alma maligna
De se afastar em pensamento do pecador;
Batizando com dedos estremecidos
Sonha com o peito excitado
E silenciosamente com passos rápidos
Continua com o caminho de sempre.

XIII

Como Peri[16] dormindo amavelmente
Ela em seu túmulo repousava,
Alva e clara bateu as asas
Havia uma cor apática em sua face.
Sempre caídas pestanas...
Mas quem seria, oh! Céu! Ele não contou,
Que o olhar diante dele apenas cochilou
E, maravilhado, apenas aguardou
Ou um beijo, ou a estrela do amanhã?
Mas inutilmente o raio de luz do dia
Escorregou por eles um vapor dourado,
Em vão eles, em uma tristeza silenciosa,
As bocas familiares beijaram...
Não! O eterno selo da morte
Nada pode ser feito!

XIV

Em nenhum dia foi feliz
Tão colorido e rico
As vestes de festa de Tamara
Flores nativas do desfiladeiro
(Tão antigas que requeriam uma cerimônia)
Sobre ela derramam o seu perfume

---

[16] Peri: segundo a mitologia persa, Peri era uma mulher alada, bonita e mágica que protegia as pessoas de espíritos malignos.

E, colhidas por uma mão sem vida,
Como se perdoassem da terra!
E nada em sua face
Não alcançou até o fim
No calor da paixão do deleite;
E foram todos os traços dela
Performados por sua beleza,
Como mármore, estranha gratidão[17],
Desprovida de sentimento e pensamento,
Misteriosa, como a própria morte.
O sorriso estranho congelou,
Luzes pelos seus lábios.
Sobre muita tristeza ela falou
Ela com olhos atentos:
Nela existia um gelado desprezo
Alma, pronta para florescer,
A expressão do último pensamento,
A terra silenciosa desculpa.
Inútil brilho da vida anterior,
Ela estava ainda morta,
Ainda para o coração sem esperança
Para sempre decadentes olhos.
Então na hora do solene pôr do sol,
Quando, derretendo em um mar de ouro,
Já se desapareceu a carruagem do dia
Neve do Cáucaso, em um momento
A onda se manteve vermelha,
Brilhando na escuridão distante.

---

[17] A gratidão nessa passagem é demonstrada por meio das feições de Tamara.

Mas este raio meio vivo
No deserto o reflexo não encontra,
E o caminho de ninguém ele iluminou
De seu próprio cume gelado!

XV

Multidão de vizinhos e povos nativos
Já se reuniam no caminho da tristeza.
Tormento cacheado e cinza,
Silenciosamente queima o peito,
Pela última vez Gudal se senta
Em um cavalo branco.
E o trem se moveu. Três dias,
Três noites o caminho deles durará:
Entre antigas ossadas dos avôs
O abrigo dos mortos foi cavado por ela.
Um dos ancestrais de Gudal
Roubou andarilhos e moradores,
Quando a doença dele a prendeu
E a hora do remorso chegou,
O passado pecador na redenção
Ele prometeu construir uma igreja
No alto das pedras de granito,
Onde apenas nevascas podem ser entoadas
Para onde apenas o milhafre voou.
E em breve entre as neves do Kazbek
Ergueu-se um templo,

E os ossos de um homem mau
Novamente repousavam lá;
E ela se tornou num cemitério
Da pedra, nativa das nuvens:
Como será próximo céu
Agradável habitação pós-morte?...
Como será longe do povo
O último sono não será indigno...
Em vão! Os mortos não sonham
Nem a tristeza, nem a felicidade do último dia.

XVI

No espaço do azul éter
Um dos anjos sagrados
Voou em suas asas douradas,
E a alma pecadora do mundo
Ele carrega em seus próprios braços.
E a doce palavra de esperança
As dúvidas dela dispersou,
E o traço do erro e o sofrimento
As lágrimas dela ele lavou.
Já longe o som do paraíso
Até ele soprou e de repente,
Atravessando o caminho da liberdade,
A alma infernal se ergueu do abismo.
Ele era poderoso, como um redemoinho voraz,
Brilhou, como uma fonte luminosa,

E orgulhoso na audácia insana
Ele disse: "Ela é minha!"
Ela se aninhou ao peito do guardião
A oração silenciando o horror,
A alma de Tamara é pecadora.
O destino resolveu vir,
Diante dela novamente ele estava,
Mas, Deus! - Quem saberia dele?
Como viu ele com um olhar maligno,
Como estava cheio de veneno mortal
A hostilidade não conhece o fim, -
E colhido foi o sepulcro gelado
Da imóvel face.
"Desapareça, a alma viu a dúvida! -
O mensageiro do céu respondeu: -
Suficientemente tu triunfaste;
Mas a hora do destino chegou -
E a decisão boa de Deus!
Os dias da provação chegaram;
Com as vestes perecíveis da terra
Os grilhões do mau caíram dela.
Saibas! Por muito tempo por ela nós aguardamos!
A alma dela era uma delas,
A qual a vida - um instante
De insuportável tortura,
Inalcançável felicidade:
O Criador que do melhor éter
Teceu as linhas da vida deles,
Eles não são criados para o mundo,

E o mundo foi feito não para eles!
O preço cruel ela expiou
Ela tem as suas dúvidas....
Ela sofreu e amou -
E o paraíso se abriu para o amor!"

E o anjo com olhos severos
Sobre o tentador olhou
E, com alegria batendo as asas,
No azulado céu mergulhou.
E derrotado, o Demônio amaldiçoou
Pensamentos delirantes seus,
E novamente permaneceu arrogante,
Sozinho, como antes, no todo
Sem esperança e sem amor!...

No declive de pedra da montanha
Sobre o vale do Koyshaursky[18]
Ainda permanecendo até esses dias
Ameias[19] das antigas ruínas.
Contos, terríveis para crianças,
Sobre eles ainda existem muitas lendas....
Como um fantasma, monumento silencioso,
Testemunhas daqueles dias mágicos,
Entre a floresta negra.
Sob o destruído vilarejo,
Da terra o florescer e enverdecer;

---

[18] Koyshaursky: alta elevação montanhosa do Cáucaso.
[19] Ameias: cada parte do parapeito dentado de fortalezas, castelos e muros.

E a voz dissonante zumbiu
Perdido, e caravanas
Vão, soando, de longe,
E, lançando através da névoa,
A espuma e o brilho do rio.
E a vida, para sempre jovem,
O frio, o sol e a primavera
A natureza diverte e brinca,
Como uma criança despreocupada.

Mas o castelo da tristeza, servente
Alguma vez na sua própria vez,
Como um pobre velho, sobrevivente
Amigos e amável família.
E apenas aguarda o subir da lua
Seu inquilino invisível:
Então eles terão festa e liberdade!
Zumbidos, correm ara todas as direções.
A cinza aranha, o novo ermitão,
Giram a rede de suas próprias fundações;
A família de lagartos verdes
No telhado brincam felizes;
E a prudente serpente
Das fendas escuras rasteja
Na laje da velha varanda,
E de repente se entrelaçam três anéis,
E ficam em uma longa linha,
E cintila, como uma espada de metal,
Esquecido no campo de combate por muito tempo,

Desnecessária ao herói caído!...
Tudo está selvagem, não há em lugar nenhum um traço
Passados anos, a mão dos séculos
Diligentemente, por muito tempo foram varridos,
E não se lembrarão de nada
Sobre o glorioso nomeado Gudal,
E sobre sua doce filha!

Mas a igreja no pico íngreme,
Onde os ossos tomados da terra,
Guardados pelo poder sagrado,
Visível entre as nuvens até agora.
E o portão para ela construído
Na guarda os granitos negros,
A capa de neve cobre;
E no peito deles, em vez de armadura,
O gelo eterno arde.
Volumosas avalanches dormem
Dos penhascos, serão cachoeiras,
O gelo capturado de repente,
Segurando, franzindo, em torno.
E lá a nevasca patrulhando vem,
Explodindo ao pó o muro cinza,
E a longa canção começa,
E chamados os sentinelas;
Escutando as notícias de longe
Sobre a linda igreja, naquele país,
Do leste alguma nuvem sozinha
Apressa a multidão na adoração;

O Demônio

Mas sobre a laje da família sepulcral
Por muito ninguém não se entristece.
A pedra do sombrio Kazbek
A mineração gananciosa aguarda
E o eterno murmúrio do ser humano
A eterna paz deles não será perturbada.

Referências

ARAGVI. *In*: WIKIPEDIA, a enciclopédia livre. Flórida: Wikipedia Fundation, 2021. Disponível em: https://en.wikipedia.org/wiki/Aragvi. Acesso em: 1º ago. 2021.

DARIAL GORGE. *In*: WIKIPEDIA, a enciclopédia livre. Flórida: Wikipedia Fundation, 2021. Disponível em: https://en.wikipedia.org/wiki/Darial_Gorge. Acesso em: 1 ago. 2021.

MITOLOGIA PERSA. *In*: WIKIPEDIA, a enciclopédia livre. Flórida: Wikipedia Fundation, 2021. Disponível em: https://pt.wikipedia.org/wiki/Mitologia_persa. Acesso em: 1º dez. 2021.

MONTE KAZBEK. *In*: WIKIPEDIA, a enciclopédia livre. Flórida: Wikipedia Fundation, 2021. Disponível em: https://pt.wikipedia.org/wiki/Monte_Kazbek. Acesso em: 1º ago. 2021.

RIO TEREK. *In*: WIKIPEDIA, a enciclopédia livre. Flórida: Wikipedia Fundation, 2021. Disponível em: https://pt.wikipedia.org/wiki/Rio_Terek. Acesso em: 1º ago. 2021.

ZURNA. *In*: WIKIPEDIA, a enciclopédia livre. Flórida: Wikipedia Fundation, 2021. Disponível em: https://pt.wikipedia.org/wiki/Zurna. Acesso em: 1º ago. 2021.

Интернет-библиотека Алексея Комарова. Disponível em: https://ilibrary.ru/text/1149/p.1/index.html. Acesso em: 1º jul. 2021.

Викисловарь. Disponível em: https://ru.wiktionary.org/wiki/%-D0%92%D0%B8%D0%BA%D0%B8%D1%81%D0%BB%D0%BE%D0%B2-D0%B0%D1%80%D1%8C:%D0%97%D0%B0%D0%B3%D0%BB%D0%B0-D0%B2%D0%BD%D0%B0%D1%8F_%D1%81%D1%82%D1%80%D0%B0%-D0%BD%D0%B8%D1%86%D0%B0. Acesso em: 1º jul. 2021.

Грузия для всех. Гудаури. Disponível em: http://www.travelgeorgia.ru/145/. Acesso em: 1º dez. 2021.

Интернет-библиотека Алексея Комарова. Disponível em: https://ilibrary.ru/text/1149/p.1/index.html. Acesso em: 1º jul. 2021.

Чонгури. **Википедия**. Disponível em: https://ru.wikipedia.org/wiki/%-D0%A7%D0%BE%D0%BD%D0%B3%D1%83%D1%80%D0%B8. Acesso em: 1º ago. 2021.